D1694545

Nicolas Liau

Les Épouvantails du Maufait

Créatures du Berry nocturne

pimientos

Pour Laurent Fièvre

*Je suis pour répéter les légendes,
elles en ont besoin pour vivre – perdurer –
et vous vous y êtes très bien employé
en mettant des branches nouvelles à leur vieux chêne
dans la forêt de l'imaginaire collectif. Vous les avez
enluminées de belle façon par votre esprit inventif, parures
de charme noir dont certaines avaient bien besoin.*

CLAUDE SEIGNOLLE

Préface

Nos terroirs sont hantés par des créatures dont l'histoire se perd dans la nuit des temps: nains, géants, fées, monstres... Grâce aux folkloristes qui ont su recueillir les derniers échos des croyances d'antan jusqu'à une époque récente et auxquels se réfère Nicolas Liau, nous disposons de recueils, comme ceux d'Alice et Charles Joisten pour les Alpes et l'Ariège[1], par exemple. Nicolas Liau a choisi de nous emmener à la découverte du patrimoine berrichon. Passionné de fantastique et d'étrangetés – on lui doit déjà des contes et nouvelles dans cette veine –, il se risque dans un domaine qui, justement, est l'une des sources de son imaginaire, mais le fantastique n'est qu'une perception particulière du réel, un décalage, un entre-deux, une pénombre. Il nous présente un peu moins de trente personnages sous la forme d'un dictionnaire qui pose et répond à des questions clés: où les rencontrer? Comment les reconnaître? Que faut-il craindre? Quelle précaution prendre?

Et ce n'est pas tout! Dans son épilogue, il esquisse le portrait de seize autres représentants de cette «faune» particulière. Tous ces hôtes des ténèbres sont malfaisants et dangereux, ils concrétisent et incarnent les peurs et les fantasmes de nos aïeux, lorsque

---

1. Ch. Joisten, *Les Êtres fantastiques dans le folklore de l'Ariège*, Loubatières, 2000. Et voir les quatre volumes des *Êtres fantastiques* publiés à Grenoble par le Musée Dauphinois de 2005 à 2009.

Préface

les sciences n'avaient pas encore renvoyé tous ces êtres au magasin des antiquités et des curiosités, êtres dont se gaussent les esprits forts, oubliant qu'on a cru en leur existence.

Nicolas Liau nous livre, dit-il, « un florilège des principaux rejetons de Satan », ce qui signifie qu'il a fait un choix, afin, peut-être, de ne pas terrifier le lecteur et le futur touriste. D'une plume alerte et malicieuse, qui nous fait ressentir le plaisir qu'il éprouve à partager son savoir, il nous emmène à la découverte d'un monde étrange... pour le profane ! L'un des intérêts de son travail est de permettre la confrontation entre le Berry et d'autres provinces, voire d'autres pays européens. Si les noms changent en fonction des aires géographiques, le rôle et la fonction de ces noctambules très particuliers – les méfaits, dirait Nicolas Liau – demeurent et se retrouvent un peu partout. La Birette est aussi connue dans la Loire, les Flambettes s'appellent Flamboires en Auvergne et Lumerottes dans le Nord, le Lupeux correspond au Criard du Cotentin, le Moine des Étangs Brisses est un Moine Bourru... Et que dire de ces Tornants, déformation du nom populaire des revenants, les « retournants », eux qui se rencontrent absolument partout ! Il en va de même des Lupins et autres garous.

C'est donc à une plongée dans un monde à part que nous invite Nicolas Liau, un monde où il se meut avec l'aisance des initiés, monde d'une poésie singulière, celle que dégagent les vestiges d'un lointain autrefois qui est souvent « naguère. » À son écoute, il le pérennise à sa manière en nous le transmettant.

Laissez-vous donc emporter sur les ailes de la nuit, descendez dans cet enfer singulier où, tel Virgile menant Dante dans l'Inferno, Nicolas Liau vous emmène avec jubilation.

CLAUDE LECOUTEUX
Professeur émérite à L'université de Paris IV-Sorbonne

Préambule

Avant de prendre la clef des champs…

À quelle étrange folie avez-vous cédé, vous dont les pas mal assurés vous ont conduit, à la belle étoile, au cœur de la campagne berrichonne ? Arriver ici en un moment aussi inconvenant, c'est oublier que la nuit drape toute chose dans un linceul suffocant et, sous le poids de ses nappes dormantes, impose à la nature domptée un silence sépulcral. Mais l'obscurité ne saurait en quoi que ce soit corrompre le charme agreste des sites pittoresques qui émaillent les paysages du Berry comme autant de grains de beauté sur la peau rêche et tannée, mais souple et solide, d'un vieux laboureur.

Qu'il est facile de se convaincre que la nuit enlaidit tout ce qu'elle effleure ! Pourquoi n'aurait-elle pas le pouvoir de transmuer, par une noble alchimie, le plomb en or, l'arbre mort en colonne de marbre, le champ inculte en cour pavée d'émeraude ?

Préambule

Lorsqu'elle s'invite en Berry, la nuit entraîne à sa suite les acteurs d'une étonnante fantasmagorie dont les rôles sont parfaitement répartis. Mais le spectacle qui se joue alors sur la scène ombreuse de ce théâtre éphémère est tout sauf une illusion. Les visages ne sont pas grimés. Le sang n'est pas factice.

Les silhouettes qui se profilent sur la lumière du couchant et ne vous offrent pour le moment qu'un numéro d'ombres chinoises ne sont pourtant que des fantoches. Ne cherchez pas les fils qui les manœuvrent : les ficelles manipulées par Satan échappent au regard du novice qui ne sait pas encore déceler les artifices du démon. Mais le Maufait – c'est le nom que reçoit ici le prince de l'Enfer – est fort habile de ses mains si bien que, par un jeu savant d'impulsions subtiles et de secousses infimes, il fait don à chacun de ses pantins d'une vie propre. Lutins, fées, sorciers, bêtes, spectres et démons : multiples sont les faciès et les colifichets de ses marionnettes mais unique et identique est leur essence diabolique que peu d'entre elles parviennent – ou simplement cherchent – à réfréner.

Il vous faut accepter, vous qui êtes parvenu jusqu'ici à cette heure indue, de faire partie de ce spectacle car il est maintenant trop tard pour reculer et descendre de scène. L'on s'affaire déjà dans les coulisses.

Promenez-vous à loisir. Franchissez les ponts, ouvrez les barrières, traversez les prés, longez les cours d'eau... Mais restez attentif et prenez garde aux moindres lueurs, aux moindres échos. Car vous ne marcherez jamais seul. Des cailloux qui dévalent une pente, deux perles livides cerclées de feu qui vous lorgnent sans ciller, le craquement sec d'une branche qui se brise au-dessus de votre tête, les bruits saccadés d'une respiration bestiale dont le souffle vous caresse la nuque… Apprenez à vous défier de ces signes.

Inutile de préférer les chemins dégagés aux sentiers serpentins des sous-bois, les calvaires plantés comme des bornes au centre des carrefours aux landes hirsutes déployées à perte de vue… car ils sont partout et il en est un pour chaque type de terrain. Je veux bien sûr parler des hôtes des nuits berrichonnes. Vous ne les connaissez pas encore, sans quoi vous ne vous seriez jamais aventuré ni enfoncé aussi profondément dans les terres du Berry.

Mais ne désespérez pas et conservez le présent guide dans une poche sûre d'où il lui sera impossible de tomber au cours de vos prochains sauve-qui-peut. S'il ne tiendra pas éloignées ces créatures errantes jetées en nombre sur votre route – ce n'est pas un talisman – il vous fournira toutes les informations qu'il est indispensable, sinon vital, de connaître au sujet de leur repaire, de leur apparence, de leurs mœurs, de leurs pouvoirs et de leurs faiblesses.

Que le Berry nocturne est auguste et beau, auréolé d'une majesté muette, d'une froideur marmoréenne et d'un hiératisme ténébreux! Mais pourquoi faut-il que la rose aux pétales d'un velours noir et moiré soit garnie d'épines aussi nombreuses, acérées et venimeuses?

LA BIRETTE

*À la base de cette entité : un sorcier !
Vivant... ou mort ? On ne sait trop...*

Jean-Louis Boncœur,
Le Diable aux champs.

Où la rencontrer ?

Sillonnant exclusivement les campagnes du Cher, où lui est attribué le nom de Bête Farabine, elle fréquente avec une assiduité particulière les collines et les vignobles du Sancerrois, se tenant la nuit aux abords des nappes d'eau dormante, au milieu des chemins creux et des carrefours à l'heure où nulle voiture ne passe plus, et allant même, s'il le faut, à la rencontre de ses victimes jusque dans les cours de fermes. Trois autres noms sont employés, quoique moins fréquemment, pour la désigner : Biaude, Bireuil et Virette.

Comment la reconnaître ?

Son aspect physique demeure pour le moins équivoque. Si parfois il lui plaît d'endosser le costume d'un revenant en se drapant dans un pâle linceul et en s'affublant d'un masque mortuaire aux traits difformes derrière lequel brasillent ses prunelles ardentes, la Birette se montre néanmoins plus encline à emprunter des formes animales. Elle passe alors pour un être à l'allure instable, capable de prendre tour à tour diverses apparences bestiales le temps d'un seul battement de cils. Chien, chat, cochon, âne, bouc, lièvre, poule, dinde, chouette… telles sont ses transformations favorites. Ses imitations, néanmoins, ne sont pas parfaites, et il est aisé de la reconnaître à des malfaçons plus ou moins flagrantes telles qu'une taille incongrue ou bien encore une couleur d'yeux, de pelage ou de plumage fort peu naturelle.

Que faut-il craindre ?

Envoyée par le Diable auprès des vivants ou convoquée par les sorciers au cours de quelque rite secret, la Birette ne serait en vérité qu'un être humain ayant reçu de la part de Satan, avec lequel il aurait conclu un pacte, la dépouille d'un loup ou d'un sanglier dont il se couvrirait le corps, des pieds jusqu'à la tête. À sa mort, son descendant le plus âgé acquiert la peau en héritage et se voit dans l'obligation de s'en vêtir à son tour. On prétend que quiconque tombe nez à nez avec une Birette doit s'attendre à une bien mauvaise fortune pour les années à venir, mais il est un fait que les Birettes demeurent relativement pacifiques. Pouffant d'amusement, se répandant en éclats de rire aigus à la manière de jeunes garnements espiègles, elles se contenteront, pour leur plus grande joie, de vous jouer quelques tours plaisants et s'évertueront à vous inspirer une belle frousse à l'aide de leurs extravagantes mutations.

Quelle précaution prendre ?

Les coups de bâton et les balles de fusil lui arrachent de grands cris mais ne lui sont en rien fatals. La seule façon d'en venir à bout est d'employer contre elle des munitions préalablement bénies à la Chandeleur.

LE BISSÊTRE

*Le visage est inquiétant avec son nez en bec de rapace,
ses yeux creux, la sèche balafre de sa bouche...*

Jean-Louis Boncœur,
Le Diable aux champs

Où le rencontrer ?

L'opportunité de rencontrer le Bissêtre ne se présente pas tous les jours dans la mesure où la créature n'est visible que dans les environs immédiats de la ville de La Châtre (Indre), au cours des années bissextiles et plus particulièrement pendant les périodes d'inondations. Si vos pas vous ont conduit dans cette région et que les deux dernières conditions sont réunies, faites en sorte de trouver un abri avant que les ultimes lueurs du soleil ne s'éteignent à l'horizon car c'est l'heure où le Bissêtre parcourt la campagne, visitant les marais et les marécages, et s'embusque sur la bonde des étangs, au beau milieu des roseaux. À son nom, parfois orthographié Bicêtre, se substitue, dans la bouche de certains conteurs, celui de Grand Bissexte.

Comment le reconnaître ?

Se tenant aussi immobile que la bourbe dans laquelle il est enlisé jusqu'aux genoux, ce démon des eaux dormantes peut demeurer ainsi des heures entières, occupé à scruter les environs avec une attention soutenue, guettant l'approche de quelque marcheur attardé. Enduit de fange verdâtre, son corps entièrement nu est à la fois longiligne et musculeux. Son nez crochu ainsi que ses yeux enfoncés dans leurs orbites confèrent à son visage un aspect lugubre et menaçant. N'était sa taille gigantesque, le Bissêtre pourrait aisément être pris pour un vieux paysan.

Que faut-il craindre ?

Dépêché sur terre par Satan en personne, le Bissêtre est investi par son maître de missions funestes dont il ne peut s'acquitter que tous les quatre ans. Il est par sa seule présence la cause de tous les malheurs qui frappent les paysans, et même de toutes les catastrophes qui surviennent au cours des années bissextiles, des épidémies jusqu'aux guerres ! On lui prête la faculté d'aviver par son souffle la puanteur toxique des eaux marécageuses dans le but de disséminer aux quatre vents maladies et fièvres. Les femmes qui, raconte-t-on encore, enfantent l'année où se manifeste le Bissêtre donnent toutes le jour à une fille ou à des jumeaux puis demeurent stériles durant sept années consécutives.

Quelle précaution prendre ?

À vrai dire, il n'en existe qu'une. Elle consiste à se détourner pendant les années bissextiles de tous les lieux fréquentés par le Bissêtre pour ne jamais avoir à porter le regard sur lui car le simple fait de l'apercevoir attirerait sur vous mille et une calamités.

LA BRAYEUSE DE NUIT

*Chez nous, j'ai ouï parler d'une brayeuse de nuit,
qui broyait le chanvre devant la porte de certaines maisons
et faisait entendre le bruit régulier
de la braye d'une manière qui n'était pas naturelle.*

George Sand,
Légendes rustiques

Où la rencontrer ?

Travaillant uniquement pendant la nuit, au clair de lune, la Brayeuse aime à s'installer dans les cours de fermes, devant la porte des habitations endormies. D'aucuns prétendent néanmoins l'avoir rencontrée au hasard d'un chemin, en pleine campagne, occupée à filer sa quenouille. On raconte qu'une mystérieuse femme se rend chaque nuit au bord d'une mardelle ovale, appelée Crot-à-la-Brayeuse et située près d'Allouis (Cher), d'où s'élève le bruit caractéristique d'une braye en mouvement. Cette visiteuse assidue est-elle la Brayeuse de nuit ?

Comment la reconnaître ?

Son apparence générale évoque, dit-on, celle d'une fée tout de blanc vêtue. Telle est l'unique particularité physique que nous fournissent les récits. Vous la reconnaîtrez cependant en la voyant se livrer, inlassable, à son unique activité : le broyage du chanvre – à l'aide d'une braye – que les paysannes font préalablement sécher au four. Les sons hypnotiques produits par chacun de ses mouvements répétitifs composent une sinistre mélodie derrière laquelle il est aisé de déceler quelque sorcellerie ou diablerie.

Que faut-il craindre ?

Sachez que nul n'a jamais trouvé la mort par sa faute. Condamnée, pour Dieu sait quel ancien crime, à écraser le chanvre par-delà la tombe, la Brayeuse de nuit ne réapparaît pas dans l'intention d'assouvir un désir homicide mais se délecte simplement à perturber le sommeil des vivants en faisant entendre son tintamarre sous leurs fenêtres.

Quelle précaution prendre ?

L'ignorer est un moyen sûr de la dissuader de revenir au même endroit la nuit suivante. Dans l'hypothèse où ce procédé s'avérerait inefficace, retenez qu'il est recommandé de poser une vieille lame de faux sur la braye qu'elle emploie : après s'être épuisée à essayer de la concasser, elle ne tardera pas à l'abandonner sur le pas de la porte pour s'en aller, pleine de colère et de dépit.

Le Caillebotier

*Le caillebotier ne s'en tient pas toujours
à ces pratiques plus ou moins innocentes ;
quelquefois, pour arriver à ses fins,
il a recours aux maléfices et aux enchantements.*

Germain Laisnel de la Salle,
Souvenirs du vieux temps

Où le rencontrer ?

Les menées répréhensibles auxquelles il se livre conduisent le Caillebotier, à l'aube ou au milieu de la nuit, aux abords des étables et des fontaines publiques, ou encore à travers les champs et les prairies où l'herbe pousse dru et en abondance. Si le Caillebotier est affairé tout au long de l'année, il se montre tout particulièrement actif au cours de la dernière semaine de décembre et des premiers jours de janvier.

Comment le reconnaître ?

Il vous sera difficile de le reconnaître, à moins de le surprendre au beau milieu de ses rituels car, en dehors de ceux-ci, sa mise et son attitude sont celles d'un paysan ordinaire. Tout pré dont on ne voit jamais décroître la productivité et le verdoiement, alors qu'il est pourtant environné de terres infécondes et nues, est à coup sûr la propriété d'un Caillebotier. Les bestiaux affectés par les pouvoirs du Caillebotier sont quant à eux identifiables à la présence sur leur peau de trois signes particuliers.

Que faut-il craindre ?

Tout le talent du Caillebotier consiste à priver de leur lait, de leur vigueur, de tout ce qui fait d'elles des bêtes robustes, saines et bien portantes, les vaches et les chèvres de ses semblables pour en faire bénéficier, par un procédé magique de transfert, son propre bétail ou celui de quiconque se sera offert ses services. Quand les bêtes grasses et pleines de fougue du Caillebotier fournissent un lait abondant, riche et délectable, crémant à la perfection, celles, faméliques et maladives, de ses ennemis n'offrent que quelques gouttes d'un lait aigre et vite gâté dont on ne tire aucun profit. Parmi les procédures secrètes auxquelles il a recours, quatre sont aujourd'hui connues dont le principe respectif est le suivant :

– La veille de la Saint Jean, aux douze coups de minuit, il arpente les champs situés dans trois paroisses différentes où la végétation s'avère plus luxuriante qu'ailleurs et repart de chacune d'elles avec plusieurs brins d'herbe fauchée qu'il donne ensuite en pâture à son bétail le jour précédant les trois fêtes les plus importantes de l'année.

– S'installant assez près des enclos pour, d'un bout à l'autre du processus, tenir à l'œil la bête sur laquelle il entend faire peser sa malédiction, il dessine au fond d'une égotasse (récipient qui permet l'égouttage des fromages), à l'aide d'un escargot, un cercle dont le diamètre variable est proportionnel au volume de lait qu'il daigne faire produire à l'animal.

– À la Saint Jean, dès l'aurore, il explore les champs des environs où il prélève quelques gouttes de rosée qu'il répand sur l'herbe des prairies dont viendront se nourrir ses bestiaux.

– Le premier jour de l'an, tôt le matin, il se rend à l'abreuvoir villageois et récupère de l'eau pure à laquelle il ajoute de la crème ainsi que des feuilles de trèfle, de buis et d'aubépine afin de constituer une potion dont il abreuve ses vaches.

Quelle précaution prendre ?

Les bêtes se rétablissent sitôt qu'on offre leur lait à des nécessiteux, et ceci trois vendredis de suite. Il est également recommandé de présenter l'animal maudit à une foire agricole où il sera délivré de tout maléfice s'il fait l'objet d'au moins trois marchandages ou encore de le conduire auprès d'un panseux de secret, guérisseur qui sera à même de lever le mauvais sort.

LE CASSEUX DE BOIS

*On n'a pas l'esprit bien tranquille quand on va faire,
de nuit, sa provision de fagots sur la terre du prochain.*

George Sand,
Les Visions de la nuit dans les campagnes

Où le rencontrer ?

Également connu sous le nom de Coupeux de bois ou Batteux de bois, il ne se manifeste qu'à la nuit tombée, au cœur des forêts envahies par la brume, pour lesquelles il éprouve un indéfectible attachement et qu'il s'emploie à protéger... à sa façon.

Comment le reconnaître ?

Bien qu'il laisse rarement les regards se poser sur lui et que les témoignages divergent au sujet de sa véritable apparence, nous pouvons affirmer qu'il revêt une forme spectrale. Son corps, présentant une silhouette vaguement humaine, semble tantôt drapé de flammes, tantôt modelé dans du fer rougeâtre et incandescent, tantôt taillé dans une variété d'aulne au bois écarlate appelée vergne. Sa tête est surmontée d'une épaisse et très longue chevelure où s'entremêlent mousse et lichen. Si, autour de vous, les chouettes jettent des cris d'effroi tandis que les sangliers font craquer les fourrés en les traversant à la hâte, il est déjà trop tard : le Casseux de bois arrive à votre rencontre, bondissant d'une branche à l'autre avec souplesse, parcourant une grande distance en un seul pas, pour découvrir en vous interrogeant la raison de votre venue. Son approche est le plus souvent signalée par le passage au ras du sol de bourrasques causant des ravages parmi la jeune végétation. La pâle lueur, aux mouvements fulgurants, qui l'accompagne dans ses déplacements n'est autre que le reflet de la lune sur le fer de sa volumineuse hache.

Que faut-il craindre ?

La principale activité du Casseux de bois consiste à parcourir la forêt en assenant aux arbres des grands coups de sa cognée, tailladant ici, débitant là, arrachant aux végétaux de longs cris plaintifs. Mais il arrive que, lassé par son travail de bûcheron, il cède à ses impulsions de pyromane et qu'il allume çà et là quelques feux, au risque de réduire en cendres l'ensemble de la forêt, comme cela s'est déjà maintes fois produit.

Quelle précaution prendre ?

Veillez à ne jamais ramasser, pour en faire des fagots, le bois mort et les brindilles qui jonchent le sol après son passage, sans quoi il vous accablerait de menaces et vous inspirerait une peur mortelle. Apprenez que les ravages dont il est l'auteur ne doivent profiter qu'à lui seul. Tenez-vous à distance des troncs qu'il a martelés : ils ont sa préférence et sont devenus sa propriété exclusive. Ceux-ci sont d'autant plus durs à distinguer que l'outil du Casseux de bois n'a laissé sur eux que des marques invisibles.

La Chasse à Baudet

*Un soir que tous les habitants d'une chaumière
étaient réunis autour du foyer, on entendit tout à coup éclater
dans les airs les lugubres hourras de cette chose effrayante :
Gayère, pars à ta chasse !
s'écria par bravade un jeune paysan. Aussitôt un tronçon
de cadavre à demi putréfié tomba par la cheminée
sur les charbons de l'âtre.*

Germain Laisnel de la Salle,
Souvenirs du vieux temps

Où la rencontrer ?

Chasse à Baudet, Chasse à Ribaud, Chasse à Rigault, Chasse maligne, Chasse Gayère... Quel que soit le nom qu'on lui donne, cette apparition fantastique demeure un phénomène essentiellement sonore car nul n'a encore été en mesure d'en fournir une description visuelle. Apportée par la galerne, elle parcourt le ciel à quelque distance du sol et survole les terrains creux et vallonnés, les endroits écartés et inhabités, s'attardant en outre au-dessus des herbages et des terres labourées ou plantées de vignes. Susceptible de se mettre en branle à tout moment de la nuit, la Chasse à Baudet se manifeste exclusivement en automne, et certains jours s'avèrent plus propices que d'autres tels les tout premiers jours de la saison, le deuxième jour de novembre consacré aux défunts ou encore l'équinoxe d'automne (22 ou 23 septembre).

Comment la reconnaître ?

Son arrivée est toujours annoncée par quelque phénomène météorologique – voire astral – exceptionnel comme un amoncellement dans le ciel de nuages bleu-gris, jaunes et violacés ou encore un orage dévastateur, accompagné de puissantes bourrasques, d'averses de pluie ou de grêle et ponctué de prodigieux éclairs et coups de tonnerre. Plus spectaculaire encore est le surgissement, dans le firmament, de deux lunes jumelles qui constituent également un signe annonciateur. La Chasse à Baudet s'apparente à un souffle tonitruant qui, paraissant ne jamais devoir retomber tant il passe et repasse au-dessus des têtes, balaie tout ce qu'il effleure à la surface du sol. Emportant branchages et feuilles mortes, il charrie surtout d'innombrables bruits qui se combinent en une cacophonie apocalyptique : aux murmures lointains, aux râles d'agonisants et aux hurlements de menace se mêlent toutes sortes de sifflements, de piaillements et de grincements, à la fois insolites et terrifiants, ainsi que le piétinement sourd de quelque énorme troupeau au galop. Il n'est pas de témoignages qui ne fassent allusion, dans la description du prodige, à des cris d'animaux : pépiements d'oiseaux, braiments d'ânes, meuglements de taureaux, jappements de chiens, brames de cerfs, miaulements de chats, hennissements de chevaux... Les versions abondent.

Que faut-il craindre ?

Ce qui fend les airs lorsque passe la Chasse à Baudet est, dit-on, une procession indisciplinée d'âmes damnées que la douleur et la peur font se répandre en hurlements et lamentations pathétiques. Pensez donc : le Diable en personne, aidé de ses démons en cohortes, les poursuit jusqu'aux profondeurs de l'Enfer en lançant à leurs trousses ses horribles rires et vociférations ! Peut-être s'agit-il également, comme le pensent certains, des âmes en pleurs d'infortunés enfants décédés avant d'avoir reçu le sacrement du baptême. La Chasse à Baudet offre un spectacle plus saisissant que dangereux et ne représente pas une grande menace pour les vivants. Il est toutefois préférable de ne pas se retrouver au beau milieu de ce cortège infernal, sous peine de sombrer dans une irrémédiable démence.

Quelle précaution prendre ?

Aux premiers signes de tempête, partez immédiatement en quête d'un abri sûr en ne lésinant pas, en chemin, sur les prières et les signes de croix. Les voyageurs les plus hardis construiront, à l'aide des matériaux dont ils disposent, une croix rudimentaire avec laquelle ils dessineront un cercle autour d'eux avant de la planter dans le sol et de prononcer, à genoux, toutes les formules d'invocation qu'ils connaissent. Cercle et croix tiendront à distance les suppôts de Satan qui se lanceront à la poursuite des âmes que chacune de vos prières délivrera et fera pleuvoir à vos pieds sous la forme de colombes immaculées.

La Cocadrille

Sais-tu bien qu'y faut jamais laisser éplir un œuf de jau ?
Ça n'en sort pas un poulet,
mais une vilaine petite sarpent noire avec des ailes
de souris-chauve qui fait périr tous les chrétiens
qui la regardent : c'est la cocadrille !

Jean-Louis Boncœur,
Le Diable aux champs

Où la rencontrer ?

Naissant dans les poulaillers ou sur les tas de fumier, elle se réfugie durant la journée dans la vase des étangs, au milieu des roseaux, jusqu'à ce que sa transformation ait eu lieu. La nuit venue, du fait de sa prédilection pour les ruines, vous la trouverez à coup sûr logée dans les fissures des vieux murs, sous les monuments funéraires délités, dans les galeries aux parois suintantes, mais aussi au fond des réservoirs à eau inemployés ou dans les maisons délabrées et encombrées d'une végétation épineuse. La Cocadrille porte bien d'autres noms, parmi lesquels se détachent Cocadulle, Cocodrille, Cocâtre ou encore Sarpent Volante.

Comment la reconnaître ?

La Cocadrille sort d'un œuf de petite taille à la coquille bleuâtre (semblable à celui d'un merle), dépourvu de jaune et d'une rondeur parfaite, pondu, dit-on, par une poule malade ou trop jeune, voire même par un vieux coq. Lorsqu'elle éclot, la Cocadrille s'apparente à un serpent noir et vert au corps mince, d'une longueur démesurée et doté de deux ailes de chauve-souris. Grossissant de jour en jour, elle se déplace bientôt sur quatre pattes et se change en un lézard pourvu d'une haute crête, pour finalement acquérir les dimensions gigantesques d'une créature hybride participant à la fois du dragon et du coq, dont le front est souvent orné d'une éblouissante gemme. Cette phase de mutation dure vingt-sept jours mais peut parfois nécessiter jusqu'à sept années complètes.

Que faut-il craindre ?

Craignez par-dessus tout l'éclat de ses yeux en évitant notamment de croiser son regard acéré sous peine de périr foudroyé dans l'instant. Si, par aventure, il vous est donné d'assister à son éclosion, faites en sorte de poser votre regard sur elle avant qu'elle ne vous dévisage, faute de quoi la mort serait, pour vous, immédiate. La Cocadrille passe en outre pour exercer autour d'elle une influence délétère : les lieux qu'elle fréquente se délabrent les uns après les autres sous l'effet de son venin et de son haleine pestilentielle, les êtres qu'elle côtoie contractent de graves maladies... Du reste, au moment où, parvenue à sa taille définitive, elle prend son essor pour regagner la tour de Babylone, elle provoque sur les terres survolées d'importantes épidémies de peste. Tous ceux qui ont eu l'audace de recueillir une Cocadrille sous leur toit ont vu dépérir leurs proches et leur bétail, et tomber en pourriture les produits de leurs récoltes. Aux œufs dans lesquels se développent les Cocadrilles on prête des pouvoirs néfastes employés en sorcellerie.

Quelle précaution prendre ?

Il serait sage de détruire tout œuf suspect sous votre sabot avant qu'il n'éclose. Une poule chantant à la manière d'un coq, après la ponte, est un signe de mauvais augure annonçant la naissance prochaine d'une Cocadrille. Aussi, pour éviter cela, est-il impératif de décapiter le gallinacé et de jeter sa tête par-dessus le poulailler. Il est également d'usage de prélever quelques ramilles sur un charme pour les déposer, le premier mai, dans les enclos et sur les monticules de fumier, ou bien encore de planter plusieurs frênes à proximité de ces mêmes endroits afin de limiter la nocivité des œufs de coq. Il est parfaitement inutile d'user d'une arme à feu contre cette créature qui ne craint pas les balles : débusquez-la plutôt des nappes d'eau stagnante en les tarissant puis privez-la de toute nourriture jusqu'à ce que la faim la terrasse. Comme nous l'avons vu, il est enfin un autre moyen plus expéditif de l'exterminer qui consiste à la fixer droit dans les yeux avant qu'elle ne darde son regard sur vous. Mais cette méthode n'est pas dépourvue de risques...

LES DEMOISELLES

*Au reste, il s'est passé et il se passe encore,
aux entours de cette fontaine, tant de choses
extraordinaires; le jour comme la nuit, ses approches sont
semées de tant de surprises, de tant de pièges diaboliques,
qu'un chemin public qui autrefois l'avoisinait,
a été depuis longtemps complètement abandonné.*

Germain Laisnel de la Salle,
Souvenirs du vieux temps

Où les rencontrer ?

Elles parcourent les plaines, la campagne entière, à l'exception toutefois des lieux trop secs. Parce qu'elles affectionnent l'humidité, les Demoiselles (que l'on appelle encore Dames ou Filles blanches) s'agglutinent, au milieu de la nuit, enveloppées dans des nappes de brume dont elles se repaissent, autour des fontaines, des mares, des marécages et des étangs ou encore au cœur des bois, dans l'ombre des chênes séculaires.

Comment les reconnaître ?

Se tenant par la main pour former des farandoles virevoltantes, elles apparaissent tout d'abord sous la forme vaporeuse de voiles blanchâtres et aériens montant de la surface de l'eau et voltigeant dans les branches des arbres où ils se déchiquettent avant de s'étirer en dessinant une silhouette humaine. Les Demoiselles sont de grandes et belles femmes au visage allongé, aux membres délicats et froids, aux cheveux pâles et si longs et fins qu'ils retombent telle une traîne sur leurs talons. Elles portent de grandes robes, aussi diaphanes que leur peau, qui ondoient lorsqu'elles se déplacent en flottant dans les airs.

Que faut-il craindre ?

Ce sont, à bien des égards, des adversaires redoutables. Se livrant à d'habiles rapines, elles dépouillent les voyageurs de leurs effets et de leurs biens sans même les effleurer et vont jusqu'à s'introduire dans les chaumières pour arracher à leur berceau les enfants assoupis qu'elles s'empressent ensuite de noyer dans le cours d'eau le plus proche. Elles passent également pour égarer les marcheurs : ceux qu'elles séduisent et attirent par leurs chants doucereux ne reparaissent d'ailleurs jamais car elles les entraînent jusque dans des fosses pleines de vase, dissimulées sous une végétation rampante, où, dansant et ricanant, elles les laissent s'enliser. Elles ont pour autre habitude d'emporter dans une ronde endiablée leur victime, sur laquelle s'enroule alors et se referme de plus en plus étroitement le cercle des danseuses. De cette gigue, pareille à un tourbillon d'air glacial, leur proie ressort, le lendemain seulement, débraillée, transie, courbatue et amnésique, ou pire encore : vieillie et folle ! On raconte en outre qu'il suffit à un infortuné passant d'apercevoir une Demoiselle pour mourir dans les trois jours qui suivent la funeste rencontre.

Quelle précaution prendre ?

Ignorez-les purement et simplement : passez votre chemin sans prêter la moindre attention à leurs invites ni leur adresser la parole. On rapporte qu'un paysan imprudent ayant dérobé sa coiffe à une Demoiselle y trouva le jour suivant un crâne pourri qui lui adressait un sourire sardonique. À l'aube, le corps des Demoiselles se vaporise pour s'élever et disparaître dans les nuages.

Les Fades

*Mais la Fade ayant cessé, à partir de cette aventure,
de hanter le domaine du Bos, tout le monde l'accusa et
l'accuse encore, dans le pays, de cette substitution d'enfant.*

*Germain Laisnel de la Salle,
Souvenirs du vieux temps*

Où les rencontrer ?

À l'heure où meurent à l'horizon les derniers rayons du soleil, ces fées se pressent au bord des ravins, des sources, des étangs cernés de roseaux et des rivières, à l'entrée des grottes, au fond des mardelles et, plus fréquemment encore, aux abords des rochers et des monuments mégalithiques où elles se livrent à des cultes mystérieux.

Comment les reconnaître ?

Dotées de longs cheveux platinés, les bonnes Fades se distinguent par leur grâce et leur charme surnaturels ainsi que par leur taille souvent disproportionnée. Bénéficiant d'une jeunesse éternelle, elles fredonnent de leur voix suave des chants empreints d'une grande poésie et laissent sur leur passage des traces sinueuses recouvertes de mousserons et de l'herbe la plus drue. Les mauvaises Fades, plus nombreuses, ne laissent sur leur chemin, quant à elles, que des courants d'air glacés et mortels. Décrépites et faméliques, elles dissimulent les verrues et les pustules de leur visage noirâtre ainsi que leurs dents abîmées sous la capuche d'une grande cape sombre. Hideuses, elles laissent échapper d'affreux hurlements aigus.

Que faut-il craindre ?

Les bonnes Fades se montrent affables, secourables, et apportent une aide précieuse aux paysans en se chargeant, la nuit, dans les fermes silencieuses, d'assainir les étables après s'être consacrées à la toilette des animaux dont il leur arrive de nouer la queue ou la crinière par pure plaisanterie. Ce sont elles encore qui, la journée, mènent paître les troupeaux et fertilisent les terres en folâtrant à travers les champs. Les mauvaises Fades, perfides et fort adroites, sont à l'origine d'un nombre considérable de forfaits. Les enfants en bas âge sont leurs proies favorites : durant leur sommeil, elles se glissent dans leur chambre et les ravissent pour ensuite les jeter en pâture à des louves ou bien elles leur soufflent au visage leur haleine pestilentielle pour les changer en nabots monstrueux et poilus. S'en prenant également aux promeneurs, elles les retiennent prisonniers au fond des ravins ou les attirent par des jeux de lumière trompeurs au bord des mares où elles les attaquent par surprise et les contraignent à porter un lourd menhir jusqu'à ce que les malheureux meurent d'épuisement sous la charge. On leur prête en outre le pouvoir d'assécher les rivières et les sources pour inonder les cultures voisines, ainsi que celui d'extraire la rosée des herbages en laissant traîner leurs longues capes afin d'appauvrir les sols. Leur souffle délétère est à lui seul capable de gâter les récoltes. Les effets de leur magie croissent, dit-on, le premier jour du mois de mai. On rapporte enfin que les Fades sont les gardiennes de fabuleux trésors enterrés au pied de gros rochers qui pivotent le dimanche des Rameaux pour libérer l'accès à ces richesses. Ces menhirs mobiles sont érigés par les fées elles-mêmes qui, la nuit, les transportent dans leur fin tablier. Il arrive toutefois que ce dernier cède sous le poids, à l'heure précise où le coq fait entendre son chant, condamnant la Fade étourdie à abandonner la pierre à l'endroit où elle a chu pour regagner avec retard son repaire.

Quelle précaution prendre ?

Pour déloger les Fades d'une propriété où elles ont élu domicile, il est nécessaire d'y entretenir de grands feux et d'arpenter les terres hantées en agitant en l'air de longues perches ou encore en s'armant d'un fusil pour faire retentir de bruyantes détonations.

LES FLAMBETTES

*Est-ce que je ne viens pas chez toi
décemment revêtue de ma belle chevelure d'argent fin,
et parée comme une fiancée ?
C'est à la messe de la nuit que je te veux conduire,
et rien n'est si salutaire pour l'âme d'un vivant
que le mariage avec une belle morte comme je suis.*

George Sand,
Légendes rustiques

Où les rencontrer ?

Elles ne sont discernables que dans ces recoins de la nuit où l'obscurité se fait la plus opaque et hantent seulement deux types d'endroit : les marais, qu'elles sillonnent en glissant à la surface de l'eau et en se faufilant entre les roseaux, ainsi que toutes les parcelles de terre au sein desquelles repose quelque cadavre pourrissant, depuis les fosses où s'entassent les carcasses d'animaux jusqu'aux cimetières dont elles occupent les vieux caveaux. On leur connaît plusieurs noms, tels Flambeaux, Flamboires, Feux Fous ou Feux Follets.

Comment les reconnaître ?

Auréolées de lueurs bleutées, les Flambettes sont des flammes extrêmement mobiles : grossissant et rapetissant à leur guise, elles vagabondent, dansottent, s'élancent ou ralentissent, cabriolent, vacillent sous le moindre courant d'air. Parfois, elles disparaissent pour réapparaître un peu plus loin. Les Flambettes ne déclenchent et ne propagent aucun incendie car, si elles vous laissaient plonger une main en leur cœur, vous constateriez qu'elles ne brûlent point. Elles ont en revanche le pouvoir de s'incarner en animal ou en jeune fille, séduisante et gracile. On raconte en outre que l'une d'elles se manifesta un jour sous les traits ridés et racornis d'une vieille femme naine qui n'avait pour seul vêtement que sa chevelure blanche et démesurée dont la masse tombante, qui ne laissait nus que son visage et ses pieds, dissimulait en réalité le corps poilu d'une chèvre noire.

Que faut-il craindre ?

Considérées tantôt comme des fées malignes, tantôt comme les âmes errantes de malheureux défunts revenues sur terre pour quémander quelques oraisons auprès des vivants, les Flambettes passent plus généralement pour des esprits perfides et criminels. Lancées à la poursuite du voyageur solitaire, elles le talonnent, le pressent, lui barrent la route, l'encerclent et le narguent. Mais vous auriez tort de ne voir dans ce ballet lumineux qu'un jeu plaisant et inoffensif car, après avoir entraîné leur victime sur des chemins toujours plus tortueux et reculés, les Flambettes lui imposent bientôt une cadence harassante et l'abandonnent, étourdie et furieuse, au beau milieu de terres inconnues ou de forêts ténébreuses. Estimez-vous chanceux si elles se bornent, envers votre personne, à ce seul méfait car elles ont également la réputation d'attirer les promeneurs au fond des étangs et des cours d'eau. On prétend alors que leurs rires moqueurs s'amplifient graduellement depuis la capture de leur proie jusqu'à sa mort.

Quelle précaution prendre ?

Sachez qu'il est inutile de courir pour leur échapper car elles ne se laisseront jamais distancer et parviendront sans peine à égaler votre rapidité, si grande soit-elle. Bien qu'elles paraissent rétives et vicieuses, les Flambettes se laissent parfois apprivoiser et veillent alors au bien-être et à la bonne santé du paysan qui a su gagner leur confiance ainsi que ceux de son bétail. Cette faveur requiert toutefois que l'heureux protégé épouse une Flambette et s'unisse à elle pour l'éternité. Abstenez-vous de refuser cette union si elle vous est proposée sans quoi vous tomberiez gravement malade, souffririez de fièvre et maigririez jusqu'à dépérir. Si un jour l'une d'elles se présente à vous sous une apparence mi-humaine mi-caprine, retenez que vous la dompteriez tout à fait et l'empêcheriez de vous rompre le cou en tondant tous les poils de sa barbiche.

Le Follet

*La dévideuse n'en tint compte, et, toujours vironnant,
se mit à chanter : Pelotte, pelotte, ma roulotte !
d'une si bonne voix et menant si grand bruit avec sa roue,
que les autres diables, embusqués sur le toit,
n'entendirent pas les gémissements et les imprécations
de leur camarade, lequel fut bien forcé de se rendre,
et de jurer par le nom du grand diable d'enfer
qu'il ne remettrait jamais les pieds dans la maison.*

George Sand,
Légendes rustiques

Où le rencontrer ?

Répondant également au nom de Fadet ou de Farfadet, le Follet n'est véritablement actif qu'à la fin du jour, heure à laquelle il s'introduit dans les maisons mais aussi, et surtout, dans les écuries et les champs où paissent des chevaux. À l'aube cessent toutes ses activités.

Comment le reconnaître ?

Son corps, d'une taille fort réduite mais bien proportionné, est d'apparence humaine et se termine par une queue de rat mesurant près de douze mètres de long, sur laquelle poussent parfois quelques plumes. Les ergots qui saillent de ses doigts, comme la crête carminée qui empanache sa tête, sont ceux d'un coq. Dans ses orbites vides dansottent, à la place de ses yeux, deux petites flammeroles. Si vous soupçonnez le Follet de hanter vos murs, tendez l'oreille et guettez le moindre crépitement de fouet ou le moindre claquement de langue, bruits que ne manque jamais de faire entendre le lutin à chacune de ses apparitions.

Que faut-il craindre ?

Le Follet étant par nature peu agressif et avide d'amusements, il n'y a vraisemblablement rien à craindre de lui. S'il n'attentera jamais à votre vie, il saura néanmoins déployer assez d'astuce et de malice pour vous jouer les tours les plus saugrenus. Bien qu'il se montre dans la plupart des cas à la fois dévoué et laborieux, consacrant son énergie inépuisable aux tâches domestiques et agricoles, le Follet n'hésite pas, pour son propre divertissement, à semer le trouble dans les fermes où il a élu domicile, aux dépens de ses hôtes. Ainsi se plaît-il à importuner les paysannes absorbées dans leurs travaux de couture en sectionnant leur fil ou bien en le constellant de nœuds inextricables, détournant l'attention des couturières de façon à commettre librement divers larcins. Les garde-manger où sont conservés galettes et biscuits sont alors les cibles privilégiées de ses chapardages. Mais, du fait de son amour pour l'équitation, c'est avant tout sur les chevaux qu'il porte son attention, condamnant les infortunés quadrupèdes à endurer ses mille et une facéties. Jetant son dévolu sur les coursiers les plus impétueux et les moins dociles, le Follet les réunit en un même troupeau avant de leur bondir sur l'encolure et de les lancer, de prairie en prairie, dans des galops endiablés. Agrippé à leur crinière flottante, il les excite en les cinglant à l'aide de sa longue queue qui lui tient lieu de fouet et, scandant ces folles équipées par de grands éclats de rire, leur impose une cadence effrénée jusqu'à ce que l'épuisement leur interdise de faire ne serait-ce qu'un pas de plus. Aux promeneurs matinaux il est alors permis d'apercevoir, au beau milieu d'un pré, les bêtes que le Follet s'est choisi pour montures, haletantes et ruisselantes de sueur. Quand, ce qui s'avère néanmoins exceptionnel, il se lasse des chevaux ou ne peut en trouver un à sa convenance, le Follet se rabat sur les bovins et les fait galoper en s'accrochant à leurs cornes. Il faut toutefois savoir que le Follet joue également auprès des animaux un rôle de bienfaiteur et d'hippiatre. C'est lui en effet qui, dans les écuries, se charge avec méticulosité de la toilette des chevaux et les bêtes. Ceux qui bénéficient de ses soins portent sur leur crinière et leur queue un signe distinctif consistant en un chapelet de nœuds à ce point serrés et étroits qu'il est absolument exclu de les désenchevêtrer. D'aucuns prétendent enfin que les Follets, munis de flambeaux, accompagnent au cours de certaines nuits un macabre et mystérieux cortège composé de cercueils se mouvant vers une destination que nul n'a jamais pu – ou voulu – découvrir.

Quelle précaution prendre ?

S'il est une chose que le Follet ne tolère pas c'est que d'autres l'empêchent de se livrer comme bon lui semble à ses occupations favorites. Vous commettriez une faute irréparable en coupant la crinière des chevaux que le Follet a entortillée car chacune des boucles est un étrier dont se sert le petit écuyer pour se maintenir en équilibre. Dès lors incapable de chevaucher sans risquer la chute, le Follet manifesterait son indignation en mettant à mort sa monture et en faisant avorter les juments. Quiconque souhaite repousser de façon durable le Follet devra recourir à l'un des subterfuges suivants dont l'efficacité a déjà été prouvée. Il est tout d'abord recommandé de lancer par-dessus son épaule un simple mouchoir que le lutin s'empressera de triturer avec une attention telle qu'il suspendra aussitôt ses autres activités. Un couteau, utilisé à la place du mouchoir, décapitera immanquablement le Follet. Sachez ensuite qu'un âne introduit dans les enclos visités par le Follet assure une victoire non moins éclatante car le petit intrus redoute et fuit la tache cruciforme que l'animal arbore sur son dos depuis qu'il a porté le Christ. La dernière solution consiste en un véritable petit rite : dissimulez la flamme d'une bougie sous un tabouret puis obligez votre cheval à faire le tour de la cour jusqu'à ce qu'il parvienne à hauteur de la bougie. Retirez alors le tabouret et, au moment où la lumière irradie, prononcez les mots suivants: «Ah! Je t'ai vu!». Une voix se fera entendre l'instant d'après pour vous annoncer: «Eh bien, si tu m'as vu, tu ne me reverras plus!». Et le Follet tiendra sa promesse en ne reparaissant jamais plus.

LA GRAND BÊTE

*Cette apparition et la terreur qu'elle inspire
n'ont encore presque rien perdu dans nos alentours.
Tous nos fermiers, tous nos domestiques
y croient et ont vu la bête.*

George Sand,
Les Visions de la nuit dans les campagnes

Où la rencontrer ?

Aux environs de minuit, à certaines périodes de l'année, il est possible de la surprendre en train de fureter dans les herbages mais aussi à proximité des chaumières, des métairies et de tous les bâtiments situés à l'écart des hameaux. Il lui arrive quelquefois de se poster à la croisée des chemins.

Comment la reconnaître ?

Fiez-vous dans un premier temps aux bruits ambiants car, à son approche, les oiseaux piaillent dans la ramure des arbres, les chiens jappent et prennent la fuite, les bestiaux trépignent et meuglent à l'intérieur de leurs bouveries. La Grand Bête est une créature composite dont il est impossible de dresser un portrait précis et exhaustif dans la mesure où elle ressemble à la fois à tout et à rien. Variant en taille comme en grosseur suivant les témoignages, elle emprunte ses spécificités anatomiques à des animaux aussi divers que le chien, le blaireau, le lièvre, la chèvre, la brebis, la vache, le cheval, l'âne, le veau, le cochon…, arborant les cornes et la queue des uns, les oreilles et les pattes des autres, en un amalgame à ce point subtil qu'il s'avère difficilement décomposable. Quelle que soit la forme de sa tête, on y voit souvent flamboyer des yeux pareils à des brandons. Sa véritable apparence, sous laquelle elle ne s'exhibe que fort rarement, évoque en fait un nuage brumeux et instable capable de se cristalliser sous n'importe quel aspect.

La Grande Bête

Quelle précaution prendre ?

Considérez-vous comme chanceux si elle se borne à vous emboîter le pas sans vous infliger une seule égratignure ainsi qu'elle le fait de temps à autre, allant jusqu'à déguerpir devant la moindre menace, car il est avéré qu'elle saisit les promeneurs à la gorge lorsqu'elle en a l'occasion avant de les étrangler ou de leur briser le cou. Sa malignité s'exerce également aux dépens des bêtes demeurées aux champs qu'elle épuise à force de poursuites et empoisonne par les bouffées méphitiques qu'elle vomit. Son irruption dans les lieux habités et sur les terres cultivées est toujours le signe de grands malheurs à venir ; de fait, il n'est pas exceptionnel d'assister, après son passage, à la détérioration des récoltes, voire même à la mort des animaux et des hommes.

Quelle précaution prendre ?

La Grand Bête est insensible aux balles, à moins qu'il ne s'agisse de balles d'argent sur lesquelles a été tracée une croix. S'accompagner d'un molosse n'est que peine perdue : aucun chien n'a suffisamment de vaillance pour lui faire face ou se lancer à sa poursuite. N'essayez pas de lui donner vous-même la chasse, elle vous distancerait d'un simple bond. Si, toutefois, elle trouve en vous un coureur à sa mesure, la Grand Bête aura tôt fait de se dilater pour ensuite s'évaporer dans les airs.

Le Grêleux

*Les vieilles femmes allument furtivement, tous volets clos,
leur chandelle bénite et se mettent en prière,
en se signant à chaque éclair, non seulement pour demander
au Très-Haut aide et protection,
mais aussi pour tenter de « barrer le feu ».*

Jean-Louis Boncœur,
Le Diable aux champs

Où le rencontrer ?

L'accomplissement de ses rites magiques exige qu'il se rende, la nuit, au bord des étangs, des mares ou de toute autre étendue d'eau dormante que recouvre la brume. Le Grêleux apprécie les terrains peu fréquentés, telles les landes, pour la distance protectrice qu'ils maintiennent entre lui et les regards indiscrets. On le dit tout particulièrement actif durant les périodes de l'année où les cours d'eau sont en crue. Ses activités secrètes lui ont valu le surnom de Meneux de nuées.

Comment le reconnaître ?

Agissant souvent par groupes de trois, les Grêleux portent des habits en loques, maculés d'éclaboussures de vase, dont il est difficile de définir la couleur, et sont capables d'échanger leur apparence humaine contre celle, insaisissable, de la vapeur d'eau. À l'aide de balais, de volumineuses pelles en bois ou de très longues baguettes, ils cinglent avec fureur la surface des nappes d'eau, suivant un rythme parfaitement réglé et si déchaîné que les gerbes d'eau forment autour d'eux de hauts remparts. La brutalité de cette gesticulation et de leurs trépignements leur arrache de féroces hurlements et vociférations.

Que faut-il craindre ?

Souvent fort peu apprécié en sa province, le Grêleux est un sorcier dont la méchanceté ne se dément jamais et engendre même de considérables nuisances. En tant que tempestaire, il a le pouvoir de commander aux nuées chargées d'orage, de pluie ou de grêle et de susciter le vent et la foudre afin de provoquer des inondations et de ravager les récoltes de ceux qu'il jalouse comme de ceux dont il désire se venger. Tirant sa magie du commerce qui le lie à Satan – dont les suppôts lui apportent leur aide dans l'exécution de ses sombres projets – le Grêleux agite l'eau des étangs jusqu'à ce qu'elle atteigne, en produisant un son strident, un niveau élevé du ciel où le sorcier est lui-même aspiré par les nuées qu'il a créées. Au matin, lorsque la tempête s'avère fin prête et que le ciel est saturé de nuages lourds et ténébreux ourlés de lueurs cramoisies, le Grêleux se juche sur le nuage le plus opaque puis conduit et rassemble les nuées au-dessus des champs de ses ennemis sur lesquels il libère alors toute la force destructrice des éléments. Aucune plantation ne peut lui résister. Sans doute percevrez-vous une voix fulminante émanant des nuages, celle du Grêleux psalmodiant des formules occultes dont il est lui seul instruit.

Quelle précaution prendre ?

Vous seriez malavisé de les interrompre au beau milieu de leur exercice ou de les laisser vous apercevoir : devenu un témoin indiscret de leurs intrigues, vous les verriez aussitôt se changer en rafales de vent pour vous donner la chasse et vous précipiter, au bord de l'épuisement, dans les profondeurs d'une fondrière gorgée d'une fange mortelle. Aussi est-il préférable de poursuivre sa route et de rejoindre son logis en faisant mine de ne pas avoir remarqué leur présence. Le tintement des cloches sacrées passe pour dissiper les nuées menaçantes et chasser au loin l'orage assemblé par le Grêleux.

L'Homme Noir
de l'Orme Râteau

On le voit là depuis que le monde est monde.
Quel est-il ? Nul ne le sait.

George Sand,
Les Visions de la nuit dans les campagnes

Où le rencontrer ?

L'Homme Noir – ou le Monsieur – hante un large carrefour situé à proximité de La Châtre où poussent des plantes épineuses et se rejoignent plusieurs voies communales que d'aucuns prétendent aussi vastes que des prairies. Un calvaire en bois fiché dans son socle de pierre y jouxte un orme monumental dont les branches se répartissent comme des dents de râteau. C'est au pied de cet arbre (à ce point ancien qu'il se trouvait déjà à cet endroit à l'époque du roi Charles VII) que se met en poste l'Homme Noir, au milieu de la nuit, lorsque brille la lune.

Comment le reconnaître ?

Il en est qui le dépeignent sous les traits d'un lutin ou d'un farfadet mais il semble que l'Homme Noir, d'une taille estimée à vingt pieds, ait davantage l'apparence d'un être humain, et qui plus est d'un personnage fort distingué, soucieux de se conformer aux modes successives. Quelle que soit l'époque de ses apparitions, il se présente toujours paré de vêtements noirs et élégants, agrémentés d'accessoires raffinés aussi divers qu'une épée, une cravate et des souliers à boucles. Un seul élément de cette panoplie ne varie jamais : il s'agit d'un immense râteau qu'il transporte sur son épaule en tournant sans relâche autour de l'orme.

Que faut-il craindre ?

Nul ne sait avec exactitude à quelle époque lointaine l'Homme Noir est apparu pour la première fois. En revanche, nul n'ignore qu'il n'hésite pas à briser violemment, à l'aide de son râteau, les jambes et les pattes des hommes et des animaux qui passent à sa portée. On prétend qu'il n'est visible que par ceux qui le craignent.

Quelle précaution prendre ?

L'Homme Noir n'est pas un être foncièrement mauvais. Toutefois, il ne tolère pas que n'importe qui pénètre dans l'ombre dispensée par son orme et le fait savoir à coup de râteau. Aussi, évitez de le mettre en colère en vous tenant à bonne distance de l'arbre. Enfin, sachez qu'il est inutile de le héler en recourant à tous les noms imaginables pour l'attirer hors de son abri ombreux : rien ne parviendra à l'en convaincre.

Les Laveuses de nuit

Mais voilà que, soudain, du côté de la rivière s'élève un bruit régulier : tap, tap, tap, tap,... tap, tap, tap, tap, tap !...
La Gustine suspend son geste, se signe derechef...
« Pourquoi, tante, ce signe de croix ? »
Elle agite un index impatient entre l'oreille et les lèvres...
« Chut !... »

Jean-Louis Boncœur,
Le Diable aux champs

Où les rencontrer ?

Visibles les nuits de pleine lune, à l'heure où paraissent les premières lueurs blêmes de l'astre nocturne, les Laveuses chérissent les lieux humides et brumeux. Seules ou en groupe, elles prennent place sur la margelle des puits, au bord des fontaines agrestes et des rivières. Mais leur prédilection va avant tout aux points d'eau croupie tels que les étangs, les fosses et les mares. Surgissant de l'ombre des saules, elles traversent les landes et les plaines désertes, empruntent passerelles et chemins creux, pour enfin envahir les lavoirs. Le mois de novembre s'avère particulièrement favorable à leurs apparitions.

Comment les reconnaître ?

Il s'agit en général de vieilles femmes à la peau flétrie, aux membres tordus et squelettiques, d'une extrême laideur, dont la stature atteint parfois des dimensions gigantesques. Affublées de guenilles et de grandes robes lâches, elles sautillent, se trémoussent et surtout s'affairent autour des étendues d'eau, lavant avec vigueur et frénésie divers linges qu'elles froissent inlassablement entre leurs longs doigts noueux pareils à des serres, puis les frappent à coups redoublés à l'aide de leurs battoirs. Au vacarme produit par leur activité, mélodie sinistre formée par leur martèlement enragé et le bouillonnement de l'eau et perceptible à des lieues à la ronde, elles mêlent parfois les sons hypnotiques, monocordes et presque inaudibles d'une étrange psalmodie. Mais les lavandières travaillent le plus souvent en silence et ne daignent jamais répondre à quiconque leur adresse la parole. Tout autour d'elles pendent, comme étendues sur des fils invisibles, les hardes qu'il leur suffit de jeter en l'air pour qu'elles y restent accrochées, s'égouttant dans le vent.

Que faut-il craindre ?

Les Laveuses de nuit sont en réalité des âmes en peine, piètres fantômes des mères indignes qui, par leurs négligences, leur cruauté ou leur instinct criminel, ont causé la mort de leurs enfants. Les bandes de tissu qu'elles manipulent se révèlent être des langes sanglants qu'il leur faut blanchir jusqu'à la fin des temps et qui, tels des suaires, enveloppent encore la dépouille mortelle de leur progéniture. À chacune des buandières est laissé, de façon exclusive, le soin de baigner sa petite victime mais, quoi qu'elles puissent faire, le sang qu'elles extraient des loques poisseuses leur éclabousse les mains en y laissant des taches indélébiles. On rapporte en outre que les Laveuses de nuit ont maintes fois été surprises en train de plonger dans l'eau bourbeuse ce qui ressemble à des fragments de brume opalescents, aux contours mouvants, qui revêtent par moments une vague apparence humaine et se plaignent en gémissant des puissantes torsions qu'ils subissent. Ce ne sont là, suppose-t-on, que les misérables âmes d'enfants non baptisés et d'adultes non confirmés à qui est refusé le repos de la tombe. Gare à vous si votre curiosité vous conduit trop près de ces diablesses et qu'elles vous aperçoivent : elles ne manqueront pas de vous suivre de près sur le chemin du retour comme une lente et silencieuse escorte ou vous inviteront, en vous offrant un de leurs haillons, à prendre part à leur sinistre labeur.

Quelle précaution prendre ?

Ne vous avisez jamais de les importuner ou d'interrompre leur besogne. Ne refusez jamais de leur accorder votre aide quand elles la sollicitent, ne dédaignez pas le battoir ou le chiffon qu'elles vous présentent : acceptez-le et mettez-vous aussitôt au travail, sans quoi elles vous pétrifieraient d'un simple regard avant de vous saisir pour vous frapper et vous distordre avec une force telle que vos os cèderaient les uns après les autres.

La Levrette

*Ce n'est que munis d'eau bénite
et en prodiguant les signes de croix qu'ils osent,
tous les trois, s'acheminer vers la place où gît la bête.*

Germain Laisnel de la Salle,
Souvenirs du vieux temps

Où la rencontrer ?

La Levrette commet ses méfaits au milieu de la nuit et il n'est pas rare de la voir surgir au détour d'une route, errer dans les pâturages ou à l'affût aux abords des bergeries. Au dire de certains, elle ne se montre qu'à l'heure tardive où les ivrognes sortent des tavernes pour rejoindre leur chaumière.

Comment la reconnaître ?

Il s'agit d'une bête au pelage blême dont la silhouette est celle d'un lièvre ou bien encore celle d'une grande chienne. Quelle que soit l'apparence qu'elle prend, la Levrette a toujours pour signe distinctif une extrême maigreur. Vue de loin, elle vous semble peut-être menue et inoffensive ; mais laissez-la venir au-devant de vous et vous constaterez que ses proportions croissent à chacun de ses pas pour finalement égaler celles d'un cheval. Bien que très lourde et pouvant peser jusqu'à trois mille livres, la Levrette fait montre d'une surprenante vélocité en se déplaçant par sauts démesurés.

Que faut-il craindre ?

Quand elle ne tourmente pas les troupeaux dans les prairies en les remplissant de terreur pour les éparpiller aux quatre vents, la Levrette se plaît à poursuivre les marcheurs avant de leur grimper sur les épaules et de se faire porter ainsi, sans que rien ne puisse l'en faire descendre. Elle ne s'y résout, à regret, qu'à l'instant où l'infortuné porteur atteint, après avoir sué sang et eau, le seuil de sa maison.

Quelle précaution prendre ?

Renoncez à poser quelque piège à son intention : d'autres l'ont fait avant vous sans parvenir à la capturer, car la Levrette n'hésitera pas à trancher son membre saisi sans pour autant perdre de son agilité. Contrairement à ce que préconisent certains individus de mauvais conseil, abstenez-vous également de lui loger dans le corps une balle bénie à la Chandeleur, vous ne réussiriez qu'à décupler sa prestesse.

S'il est un moyen infaillible de tenir à distance la Levrette, il n'a pas encore été découvert.

LE LOUP-BROU

*Une troupe d'animaux étranges, de bêtes sans nom,
aux formes et aux allures hideuses,
dissemblables et inconnues, et dont les regards brillaient
dans l'ombre aussi vivement que des charbons ardents,
s'avançait lentement et sans bruit,
précédée et guidée par le vieux Loup-Brou.*

Germain Laisnel de la Salle,
Souvenirs du vieux temps

Où le rencontrer ?

Vivant presque exclusivement en Brenne, le Loup-Brou accomplit souvent ses premiers forfaits au moment où la lune entre dans sa phase de déclin, agissant ainsi dans le secret des nuits ténébreuses. Chassant d'ordinaire dans les vastes étendues, tels les forêts, les plaines, les landes, les vignobles ainsi que sur les sols plus accidentés des vallons et des collines, il sait aussi se tenir à l'affût au détour des chemins isolés et peu fréquentés. Les quelques jours qui séparent Noël de la Chandeleur passent pour une période particulièrement riche en apparitions de Loups-Brous.

Comment le reconnaître ?

Le Loup-Brou a de nombreux traits communs avec le Loup-Garou (s'y reporter) dont il ne semble être finalement que le jumeau brennou. On le décrit en général comme un animal effroyable aux mouvements prompts et furtifs, au pelage hirsute et noir, une créature rusée dont les yeux percent l'obscurité de leur luisance aussi rouge que le rubis. Son apparition imminente est, prétend-on, signalée par une série de cris glaçants ou par le tintement métallique d'une chaîne. Peut-être vous sera-t-il permis de surprendre – et de comprendre – une conversation entre plusieurs Loups-Brous dans la mesure où ils usent d'un langage humain. Quiconque a eu un Loup-Brou pour compagnon (ou compagne) vous dira combien son corps était, des pieds jusqu'à la tête, humide et glacial lorsqu'il (ou elle) regagnait le lit conjugal après s'être livré(e), une nuit durant, à des activités de loup.

Que faut-il craindre ?

Le Loup-Brou appartient à la race des lycanthropes si bien que le cœur qui bat derrière ses côtes est celui d'un homme. Si le premier sorcier venu est susceptible de se changer en une telle créature à la suite d'une alliance avec le Diable, on admet plus généralement que le Loup-Brou est un simple paysan, ignorant des arcanes de la magie, qui, ayant attiré sur lui la rancune d'un ensorceleur, se retrouve contraint, aussitôt la nuit venue, à courir le Loup-Brou, autrement dit à parcourir la campagne sous l'apparence d'un loup. Mais le fermier Loup-Brou n'est pas toujours la victime d'un sortilège : il arrive d'ailleurs souvent qu'il soit le détenteur d'une peau de bête conférant à qui l'endosse la silhouette d'un véritable loup. Ainsi n'est-il pas rare qu'une famille entière, dont chaque membre possède son propre déguisement, s'engage dans ce genre d'équipée nocturne. Nullement avide de carnages et de chair palpitante comme le Loup-Garou, le Loup-Brou est fort rarement l'auteur de méfaits sanglants. S'amusant de l'effroi qu'il inspire aux voyageurs, il se plaira à surgir à l'improviste dans votre dos pour vous traquer, vous harceler, et ne mettra fin à cette poursuite qu'à l'instant où vous pénétrerez dans une zone habitée. Faute de promeneurs à importuner, le Loup-Brou assaille également les troupeaux dans les herbages, jusqu'à ce que les bêtes, effarouchées, se bousculent et passent par-dessus les clôtures pour s'essaimer, boiteuses et hors d'haleine, dans les champs voisins. Tout chien qui lui donne la chasse revient, le lendemain, bredouille, éreinté, et couvert d'égratignures.

QUELLE PRÉCAUTION PRENDRE ?

On raconte que le Loup-Brou recouvre sa physionomie humaine après être passé, au cours de ses vagabondages, auprès de sept églises. Bien que leur effet soit immédiat, les balles bénies ne sont pas indispensables pour terrasser le Loup-Brou. Il suffit, pour faire tomber de façon définitive son masque de loup, de le blesser une seule fois sans qu'il soit nécessaire de faire couler le sang : un coup asséné sur le museau se révèle très efficace. Il vous faut néanmoins savoir que certains auteurs de coups de feu fatals dirigés contre un Loup-Brou ont trouvé la mort, de façon mystérieuse, dans l'année qui a suivi leur geste malheureux.

LE LOUP-GAROU

*Mais d'après mon père, des fois, c'étaient des vrais :
tels que des loups enragés affamés de viande saignante...*

Jean-Louis Boncœur,
Le Diable aux champs

Où LE RENCONTRER ?

Le Loup-Garou ne se déplace qu'à la nuit tombée pour sillonner les landes et les espaces boisés. Vadrouillant également aux abords des bourgs et des hameaux, il va même jusqu'à visiter les chambres d'enfants pour s'approcher des berceaux.

COMMENT LE RECONNAÎTRE ?

Il s'agit d'un loup de grande taille, imposant et pourtant efflanqué, à la fourrure grisâtre. Se tenant debout sur ses deux pattes arrière, il garde toujours ouverte sa gueule puissante et carnassière d'où s'écoule une épaisse écume. Son corps tout entier exhale une odeur fétide qui évoque à la fois le sang coagulé, la pourriture et les remugles de la sauvagine.

QUE FAUT-IL CRAINDRE ?

Ne mésestimez pas la dangerosité et la sauvagerie du Loup-Garou en croyant n'avoir affaire qu'à un être humain revêtu d'une simple peau de canidé : il s'agit bel et bien d'un loup dont la chair est habitée par l'âme d'un humain. Selon certains, cette double nature est un cadeau du Diable accordé en échange de l'âme qui lui a été offerte après signature d'un pacte. D'autres avancent que le corps du Loup-Garou est une sorte de prison à l'intérieur de laquelle un homme, jouet de quelque sorcier, est retenu par un maléfice le condamnant à subir de perpétuelles métamorphoses. D'autres, enfin, affirment que la lycanthropie constitue non pas un châtiment mais un pouvoir dont jouissent quelques privilégiés à qui ont été transmis les baumes ou les incantations idoines. Réfléchissez avant de prendre part à tout rituel satanique car les créatures infernales convoquées par le sacrifice d'une poule noire sont, dit-on, d'une redoutable hideur et la transformation en Loup-Garou sanctionne quiconque se montre incapable de supporter la vue de ce spectacle monstrueux. Aussi féroce qu'impitoyable, le Loup-Garou met à mort ses proies de la façon la plus cruelle qui soit. Ronger, taillader, sectionner, arracher, mettre à nu les entrailles et faire jaillir le sang chaud : il ne recule devant aucune torture. Sa faim de viande tendre et sa soif de sang frais le conduisent dans les étables et les enclos où il cause de terribles ravages parmi le bétail et la volaille. Nullement rebuté par la chair humaine, le Loup-Garou aime plus que tout refermer ses mâchoires sur la gorge des nourrissons pour vider leurs veines de la moindre larme de sang. Lorsqu'il est tout à fait repu, il se contente de grimper sur les épaules des promeneurs et de les étouffer dans une fondrière bourbeuse en pesant sur eux de tout son poids. On lui prête enfin le pouvoir d'invisibilité et la faculté de prendre l'apparence d'un chien blanc ou d'une chèvre noire.

Quelle précaution prendre ?

Si le Loup-Garou qui se dresse devant vous est de ceux sur lesquels pèse un mauvais sort, sachez qu'il vous est possible de le libérer et de lui rendre à jamais son apparence humaine en lui infligeant une blessure suffisamment profonde pour que s'en échappe une goutte de sang. Tout autre type de Loup-Garou se montrera en revanche insensible aux balles, à moins qu'il ne s'agisse de balles d'argent bénies. Si elles ne lui sont en rien mortelles, les armes blanches laissent toutefois des cicatrices sur le corps du Loup-Garou redevenu homme. Songez enfin à consulter un sorcier qui, moyennant quelques pièces, vous délivrera un sachet d'herbe des trois rencontres, ainsi nommée car elle met en fuite, outre les Loups-Garous, les Fauches-Prés et la Grande Goule.

Le Lubin

*Ils ont un certain mystère à l'endroit de Robert-le-Diable
ou de tout autre Robert dont on n'a pu saisir la légende,
et ce mystère a peut-être pour châtiment
l'humiliation d'une figure horrible
et l'angoisse du perpétuel tourment de la peur.*

George Sand,
Légendes rustiques

Où le rencontrer ?

S'il lui arrive de veiller tout au long de la nuit au pied d'un mur de cimetière, le Lubin arpente plus volontiers, à la lumière du jour, les champs environnants.

Comment le reconnaître ?

L'apparence du Lubin est en tout point similaire à celle, lycanthropique, du Lupin (s'y reporter), et pour cause : le Lubin n'est autre que le double bienveillant et pacifique du Lupin !

Que faut-il craindre ?

Fort peu de choses, en vérité, car le Lubin, d'un naturel distrait et mélancolique, voire un peu nigaud, ne nuira jamais à qui que ce soit sans une raison valable. Un bruit suspect, un ton de voix menaçant ou un geste un peu brusque suffit à le mettre en déroute. Dans sa fuite désorientée, le Lubin se met alors à crier à tue-tête, en la répétant sans interruption, cette phrase sibylline : « Robert est mort ! », Robert étant le nom plaisant sous lequel se cache le Diable. Se consacrant corps et âme aux travaux de labour et de moisson, dont il veille au bon déroulement, il aime plus que tout ensemencer la terre en suivant les laboureurs dont il est en quelque sorte le génie tutélaire. Le Lubin n'accorde son aide qu'aux paysans qui s'en sont montrés dignes. Ne croyez pas cependant qu'il soit parfaitement inoffensif : le Lubin a, assure-t-on, des accointances particulières avec Satan en personne.

QUELLE PRÉCAUTION PRENDRE ?

Veillez à ne pas abuser de son amabilité ni de sa patience car vous pourriez l'irriter et, par vengeance, le Lubin ne sèmerait plus ni blé ni orge mais de l'ivraie, du mélampyre des prés et autres mauvaises herbes.

Le Lupeux

*Taisez-vous, pour l'amour du bon Dieu [...] ;
ne lui parlez pas, n'ayez pas l'air de l'entendre.
Si vous lui répondez encore une fois, nous sommes perdus.*

George Sand,
Les Visions de la nuit dans les campagnes

Où le rencontrer ?

Il paraît peu probable qu'il croise votre route par une nuit noire car le Lupeux semble aimer à laisser sa silhouette sombre se découper sur les lueurs déclinantes du soleil couchant. Hantant les plaines marécageuses, et presque nues, qui s'étendent à perte de vue, il est notamment l'hôte assidu des étangs de la Brenne. Fidèle à son habitude, le Lupeux se juche au sommet d'un arbre au tronc et aux branches tortillés, auxquels un élagage récent donne une forme encore plus tourmentée.

Comment le reconnaître ?

D'une taille réduite, doté de petites cornes et de pieds fourchus, le Lupeux ressemble à un diablotin. Mais son apparence composite emprunte la majorité de ses caractéristiques à plusieurs espèces animales : sa tête, surmontée de grandes oreilles, évoque celle d'un loup ; son corps aux plumes froissées est celui d'un oiseau et ses ailes flasques sont celles d'une chauve-souris. Doué de la parole, le Lupeux fait entendre entre ses nombreux éclats de rire une voix humaine, au timbre argentin et melliflu, dont les accents guillerets semblent receler quelque raillerie.

Que faut-il craindre ?

Sa voix est son arme la plus redoutable et il en use à la perfection. Volubile et jacassant comme une pie, le Lupeux s'avère doué pour faire le mal et aussi retors que les branchages sur lesquels il trône : aussi vous interpellera-t-il et vous abreuvera-t-il de sarcasmes et de propos insultants, ponctués de cris et de sifflements, si par malheur vous passez assez près de lui pour attirer son attention. Où que vous alliez, et quelle que soit la vitesse de vos déplacements, sa voix vous poursuit et souffle sans relâche à vos oreilles un flot ininterrompu d'anecdotes tour à tour cocasses, sanglantes et obscènes. Un tel monceau de calomnies ne manquera pas d'éveiller en vous une curiosité malsaine que le Lupeux assouvira en vous proposant d'espionner des amants secrètement enlacés. Détournant votre attention, il vous égarera peu à peu pour vous entraîner au bord d'une fondrière pleine d'eau à la surface de laquelle se reflétera chacune des images dont les médisances du Lupeux aura peuplé votre esprit. « Regarde ! » vous dira-t-il, en vous invitant à vous incliner davantage afin de ne manquer aucun détail de cette fantasmagorie. Mais le Lupeux ne cherchera finalement qu'à vous noyer en vous poussant dans l'eau vaseuse.

Quelle précaution prendre ?

En sa présence, il est vital de garder le silence et de ne tendre l'oreille à aucune de ses paroles. Le Lupeux lance à tout moment des « Ah ! Ah ! » joyeux auxquels vous vous garderez de répondre : n'essayez sous aucun prétexte de savoir ce qu'il souhaite exprimer par ces exclamations. Si, par trois fois, vous avez l'imprudence de lui demander « Quoi donc ? », le Lupeux vous enivrera de ses commérages et, perché au-dessus de votre tête, vous répondra en ricanant, au moment où vous vous enfoncerez dans la bourbe des marais : « Eh bien ! Voilà ce que c'est ! ».

Le Lupin

*Ils sont dix... douze... treize grands « loups-chiens »
aligés contre le mur décrépi, drapé de lierre
et surmonté par les croix...*

Jean-Louis Boncœur,
Le Diable aux champs

Le Lupin

Où le rencontrer ?
Le Lupin se rencontre exclusivement la nuit, à l'extérieur des cimetières, le long des murailles qui les enclosent pour être plus précis.

Comment le reconnaître ?
Dressé sur ses pattes arrière, le Lupin se tient aligné avec plusieurs de ses congénères le long des murs de pierre auxquels ils s'adossent. Doté d'un pelage noir, d'une mâchoire carnassière et d'une paire d'yeux brasillant dans l'obscurité, il s'apparente au loup et, comme celui-ci, pousse de longs hurlements en se tournant vers la lune. Sa façon d'agiter la queue et de haleter en laissant pendre sa langue évoque en revanche le comportement d'un chien. Le souffle fétide, empestant la charogne, qui s'échappe de sa gueule garnie de crocs jaunâtres ajoute à son apparence rebutante.

Que faut-il craindre ?
Le Lupin se faufile à l'intérieur des tombeaux où il trouve une nourriture délectable : les ossements décharnés des antiques cadavres comme la chair à peine putréfiée des derniers trépassés composent ses repas quotidiens. En règle générale, les Lupins restent appuyés contre leur mur au passage des voyageurs ; mais il est possible que l'un d'eux s'en écarte en vous apercevant et vous emboîte le pas, sur ses quatre pattes, en vous reniflant le postérieur, pour enfin se dresser face à vous, de toute sa hauteur, et vous rugir au visage. Gare, alors, aux nausées provoquées par son haleine infecte !

Quelle précaution prendre ?

Si, pour les dissuader de vous dévorer, il vous vient à l'idée de leur promettre quelque nourriture en échange de votre vie sauve, veillez à respecter votre engagement sans quoi les silhouettes noires des Lupins viendront, les nuits suivantes, s'accrocher en hurlant à la façade de votre maison comme une ombre de désespoir et de mort. Une balle bénite logée en plein cœur les terrasse sur le champ. Enfin, sachez que la tête et les pattes tranchées d'un Lupin suspendues à la grille d'un cimetière constituent un excellent épouvantail et tiennent à distance les démons nécrophages.

LES MARTES

*D'un autre côté, n'y a-t-il pas tout lieu de penser que
nos Martes femelles sont les descendantes
de ces prêtresses gauloises que d'anciens auteurs
nous représentent comme des magiciennes ou des sorcières
procédant, la nuit, à des sacrifices suspects,
le corps entièrement nu et peint en noir, les cheveux épars,
en proie à des transports frénétiques.*

Germain Laisnel de la Salle,
Souvenirs du vieux temps

Où les rencontrer ?

Au moment où la nuit tombe, elles se rassemblent à proximité des rochers et des pierres levées ou encore au bord des cascatelles et des cours d'eau torrentueux.

Comment les reconnaître ?

L'apparence de ces femmes est négligée et repoussante : à la fois étiques et de haute stature, les Martes laissent pendre jusqu'à leurs pieds leur longue chevelure sombre et sèche qui recouvre une large partie de leur peau basanée mais laisse à nu leurs seins si mollasses qu'ils leur battent les cuisses à chaque pas. Deux prunelles enflammées viennent compléter les sommaires atours de ces créatures impudiques. Les modulations de leur voix, insupportables, évoquent les hurlements d'une rafale de vent. Vivent en leur compagnie des individus masculins d'une taille prodigieuse et dotés d'une force proportionnelle. On ignore cependant la nature des liens qui les unissent à leurs congénères féminines.

Que faut-il craindre ?

Si les mâles, inoffensifs, passent l'essentiel de leur temps à dresser et sans cesse repositionner des monolithes à travers la campagne, les femelles sont animées d'intentions bien plus mauvaises. Les travailleurs des champs, depuis les laboureurs jusqu'aux bergers, sont les victimes favorites des Martes : assises sur les menhirs, debout sur les dolmens, elles les interpellent, les distraient et les aguichent par des paroles polissonnes pleines de promesses amoureuses. À

Les Martes

Saint-Benoît-du-Sault, dans l'Indre, à l'endroit où se déverse en cascade le ruisseau du Portefeuille, les Martes, dans leur palais fait de cristal, s'évertuent, dit-on, depuis des temps immémoriaux, à produire quelque flamme sous des casseroles taillées dans la pierre pour y apprêter leurs repas. Incapables d'y parvenir, du fait des remous de l'eau, elles font entendre force jurons et lamentations.

Quelle précaution prendre ?

Veillez à ne pas dédaigner les Martes femelles et tâchez de vous montrer sensible à leurs appels, aussi licencieux soient-ils. Éconduites, elles descendent incontinent de leur perchoir et se lancent dans une course effrénée au cours de laquelle elles pourchassent les goujats après avoir pris soin de rejeter leurs mamelles dans leur dos. Si, pour son malheur, le poursuivi se laisse rattraper, il est aussitôt réduit, sous la torture, à se livrer à des attouchements et des baisers obscènes.

LE MENEUX DE LOUPS

> *Le silence est le propre du « meneux » de loups,*
> *le plus souvent à peine entrevu à l'arrière-plan de la horde*
> *également silencieuse.*
>
> Jean-Louis Boncœur,
> Le Diable aux champs

Où le rencontrer ?

Le Meneux de loups, que l'on évoque encore sous le nom de Loutier, déambule toute la nuit à travers les sous-bois et les brandes désertes. On le voit aussi s'attarder à la croisée de plusieurs chemins.

Comment le reconnaître ?

La tête recouverte d'une capuche qui lui ombrage le visage, il marche à grandes enjambées, d'un pas solennel, seul, en retrait et tout juste visible derrière une meute de loups, toujours composée de plus de trente bêtes, qu'il conduit à l'aide d'un long fouet, ou en usant d'une gestuelle spécifique, ou bien encore, comme cela se produit très souvent, au son d'une cornemuse ou d'une vielle. Plongé dans un profond mutisme, le Meneux de loups ne rompt le silence que pour adresser la parole à ses compagnons de route dans un patois incompréhensible ou pour émettre un sifflotement discret destiné à modifier l'allure de son escorte. Ses loups, dont le pelage est souvent sale et clairsemé, sont efflanqués et paraissent en outre éreintés par leur incessante marche. Bien qu'ils grondent avec rage et ouvrent leur gueule affamée en exhibant leurs crocs meurtriers, les animaux ne font preuve d'aucune agressivité à l'égard de leur maître, pas plus qu'ils ne s'attaquent à son bétail : pleins de tendresse, au contraire, ils s'assemblent parfois autour de leur guide en trottinant pour se frotter à lui et monter la garde.

Que faut-il craindre ?

Quelle que soit leur véritable identité – métayer, ménétrier, bûcheron ou bien encore garde-chasse – les Meneux de loups passent pour des hommes habiles, des sorciers insaisissables ayant acquis la faculté de convoquer, d'apprivoiser et de tenir sous leurs charmes les chiens et les loups pour les asservir, les diriger à leur guise et les exciter contre d'éventuels ennemis. La suite de notes qu'ils tirent de leur instrument de musique pour se faire obéir forme une mélodie fascinante qui leur a été enseignée par Satan. On raconte que le Meneux de loups se procure auprès des chasseurs le foie des loups abattus pour en bourrer sa pipe ou en extraire une sorte de cordial et ainsi décupler l'ascendant qu'il exerce sur les bêtes. Lorsqu'il n'use pas de représailles ou n'agit pas par jalousie envers un adversaire, il se complaît à inspirer une intense frayeur aux promeneurs attardés, ou égarés, en les plaçant sous la garde de deux loups chargés de les reconduire dans leur foyer. Placés devant et derrière le voyageur, les animaux le serrent de près, le pressent par des grognements et ne le ménagent guère mais ils le mènent par des raccourcis et lui montrent toujours le bon chemin. D'aucuns vous affirmeront que les compagnons à fourrure du Loutier ne sont que l'incarnation d'âmes cheminant en direction du purgatoire.

Quelle précaution prendre ?

Au moment où le Meneux de loups fera signe à ses bêtes de vous convoyer, gardez-vous de décliner son offre et, précaution capitale, faites très attention, durant le voyage de retour, où vous mettez les pieds car, à la moindre chute, les deux loups se rueraient sur vous pour vous dévorer. Une fois chez vous, veillez à récompenser vos deux accompagnateurs en offrant à chacun de quoi apaiser sa faim. Toute blessure infligée au Loutier dispersera comme par enchantement la meute de loups.

LE MOINE
DES ÉTANGS BRISSES

*Si c'était tout à fait de nuit [...],
je ne voudrais point me trouver seule en ce mauvais endroit,
où, dans les temps, le moine s'est péri.*

George Sand,
Légendes rustiques

Où le rencontrer ?

Il habite, quelque part entre les communes de Verneuil et de Saint-Août (Indre), une vaste étendue plate et dépouillée, sablonneuse et plantée çà et là de quelques roseaux, joncs et herbes folles. Le terrain, toujours humide, est constellé de flaques d'eau qui, lorsque tombe une pluie abondante, grossissent pour former une sorte d'étang dont il est impossible d'apercevoir le fond et empli d'une vase fétide et putrescente. Le Moine n'en surgit qu'au mois de septembre, à la tombée de la nuit, au moment où la brume déploie ses volutes à la surface de l'eau.

Comment le reconnaître ?

Les pieds dans l'eau, il se dresse de toute sa gigantesque hauteur, en écartant amplement ses longs bras osseux en un signe de menace et gronde, d'une voix râpeuse et sépulcrale. Sa bure, dégoulinante de boue et tapissée d'herbe et de mousse, enserre comme un suaire répugnant son corps décharné et putride. Son crâne volumineux est dissimulé sous une capuche qui ne laisse voir que son regard de braise et sa barbe tombante à laquelle s'accrochent sangsues et batraciens.

Que faut-il craindre ?

Selon la légende, il s'agit d'un moine capucin dont les mœurs dissolues et l'attitude égrillarde lui avaient valu d'être expulsé de sa confrérie et jeté sur les routes. Contraint à une errance éternelle, il battit la campagne berrichonne, monté sur un âne pouilleux, et passa de ferme en ferme à la recherche d'un toit et d'une table qui lui étaient presque toujours refusés. Une nuit, il tomba par mégarde dans les Étangs Brisses et s'y noya avec sa piètre monture. Si le cadavre boursouflé de l'âne fut tiré hors de l'eau, celui de son propriétaire demeura introuvable. Depuis ce jour, on raconte que le Moine, privé de sépulture, condamné à hanter les lieux telle une âme en peine et à ne s'alimenter que de proies visqueuses et d'une eau croupie, ne sera délivré de sa geôle limoneuse que lorsque l'étang se sera tout à fait asséché. N'ayant rien perdu de sa lubricité, il se plaît à débaucher et pousser au vice les jeunes amants égarés ou venus en cet endroit reculé pour s'y ébattre en secret. Après avoir espionné, en laissant échapper de petits cris de plaisir, leurs enlacements voluptueux mais toujours sages, accompagnés de murmures affectueux et d'œillades passionnées, le Moine, jusqu'alors étendu à plat ventre dans les herbes hautes, se redresse d'un bond et, se haussant toujours plus au-dessus des jeunes gens, les exhorte à se marier sur l'heure, sous sa bénédiction et le patronage de Satan.

Quelle précaution prendre ?

Les patenôtres et les signes de croix devraient tenir en respect ce moine damné. Mais, pour le promeneur, le moyen le plus sûr de sauver son âme demeure la fuite car il semble être interdit au spectre du capucin de s'extraire de l'eau pour fouler la terre ferme et s'élancer à la suite d'une proie.

Les Pierres Sottes

*Quant à vous, esprits forts,
qui demandez pourquoi cette grosse pierre se trouve
dans telle haie ou sur le bord de tel fossé,
si l'on vous répond d'un air mystérieux:
Oh! Elle n'est pas pour rester là!
sachez ce que parler veut dire.*

George Sand,
Légendes rustiques

Où les rencontrer ?

Les Pierres Sottes, auxquelles l'on donne aussi le nom de Pierres-Caillasses, parsèment les champs ainsi que les plaines et les landes et bordent les chemins de campagne.

Comment les reconnaître ?

Qu'elles gisent sur le sol de tout leur long ou surgissent toutes droites de la terre, selon qu'elles se trouvent ou non sur leur emplacement originel, les Pierres Sottes s'apparentent à n'importe quel mégalithe, notamment par leur volume et leur poids prodigieux. À la surface de ces roches calcaires, toujours situées à l'écart les unes des autres, béent maints orifices aux formes variées qui leur confèrent un aspect particulièrement accidenté.

Que faut-il craindre ?

Ne vous laissez pas duper par leur apparente fixité : les Pierres-Caillasses jouissent en réalité d'une grande mobilité. Se déplaçant de préférence la nuit en roulant sur leur tranche, elles sont très souvent incapables, du fait de leur mémoire défaillante et de leur stupidité, de retrouver leur place initiale si bien qu'il leur arrive d'errer de terrain en terrain durant plusieurs mois et de s'égarer au beau milieu des potagers, des vergers, des parterres de fleurs et des champs exploités. Les dégâts causés sont considérables et les infortunés propriétaires ont alors la mauvaise surprise de découvrir, le matin, à leur réveil, des clôtures fracassées, des sols creusés de profondes ornières, des cultures pilonnées et ruinées. Contraintes à se tenir debout jusqu'à ce qu'elles aient regagné leur point de départ, seul endroit où il leur est permis de se délasser en position horizontale, épuisées par leurs errances, elles manifestent leur mauvaise humeur par d'affreuses grimaces adressées aux passants dont le visage ne leur inspire que de l'antipathie. Leur malveillance naturelle les pousse également à renverser les carrioles et les coches, à disloquer les attelages, en empiétant sur les routes empruntées par les promeneurs noctambules. Douées de la parole, les Pierres-Caillasses sont heureusement trop obtuses pour prononcer d'autres mots que «bonsoir», seules syllabes que les sorciers sont parvenus à leur enseigner, sans quoi elles se complairaient, à n'en pas douter, à proférer les pires insanités.

Quelle précaution prendre ?

Il est aisé de les immobiliser, de façon irrémédiable, en les morcelant à l'aide d'une solide masse pour ensuite les utiliser dans la réfection des voies publiques ou dans n'importe quel ouvrage de maçonnerie. Vous seriez bien avisé de baisser le regard en leur présence car un simple coup d'œil malvenu peut suffire à provoquer leur colère et les conduire à ravager vos plantations. Essayer de déplacer et de déloger une Pierre Sotte d'un jardin au moyen de quelque levier est non seulement une tâche impossible mais surtout une bien mauvaise idée dans la mesure où elle n'hésitera point à se venger en vous passant sur le corps. L'écrasement est le risque majeur auquel vous serez exposé, aussi prendrez-vous garde à ne pas vous trouver sur leur trajectoire lorsque les rochers se mouvront.

Le Serpent au diamant

*À partir de ce moment, il n'eut plus qu'une idée en tête,
celle de s'emparer du diamant.
Il ne se préoccupa plus d'autre chose,
s'ingéniant, nuit et jour, à trouver le moyen de mettre
son projet à exécution ;
mais plus il y songeait, plus cette conquête
lui paraissait pleine de dangers,
sinon impraticable.*

Germain Laisnel de la Salle,
Souvenirs du vieux temps

Où le rencontrer ?

L'apparition du Serpent au diamant constitue un spectacle qui ne se produit qu'une fois par an, le même jour de l'année. Le repaire du fabuleux animal est situé dans la clairière d'une forêt de chênes, plantée au milieu d'une île cernée par l'eau d'un grand lac. La localisation exacte de cet endroit varie suivant les récits et les communes de Lacs (Indre), Villiers (Cher) et Sablançay (Cher) sont celles dont le nom est le plus fréquemment cité.

Comment le reconnaître ?

Ce serpent monstrueux dont le corps puissant et démesuré, formé d'un chapelet de nœuds et de spires, s'enroule et se déploie sans cesse, porte en équilibre sur sa tête un volumineux diamant d'un grand éclat. Il se tient tout d'abord lové au cœur d'une énorme boule errante et molle, aux déplacements paresseux, que forme autour de lui une multitude de serpents plus petits, enchevêtrés en une masse grouillante et sifflante et constituant une sorte d'horrible cocon. Puis, en silence, chacun des reptiles tombe à terre, comme foudroyé. Alors, libéré de sa gangue, le Serpent déroule ses anneaux et rampe lentement en direction du lac en veillant à garder la tête droite pour ne pas faire tomber sa précieuse gemme. Parvenu au bord de l'eau, il dépose son trésor sur l'herbe et s'abreuve durant de longues minutes; après quoi il récupère le diamant et s'enfonce dans l'ombre des arbres.

Que faut-il craindre ?

Outre son venin, il vous faudra craindre son appétit féroce et son souffle enflammé. L'admirable pierre sur laquelle il veille possède quant à elle un fascinant pouvoir: subtilisée à son gardien, elle change en or pur tout ce qu'elle effleure. Un tel don peut néanmoins s'avérer, avec le temps, un véritable fardeau; et qui souhaite se débarrasser à tout jamais du diamant devra l'abandonner dans le lac au milieu duquel il a été découvert. Il sera alors nécessaire de fuir au plus vite car ce geste déchaînera, dit-on, un cataclysme tel qu'il aboutira à la destruction totale de l'île, ravagée par d'immenses incendies et de brutales explosions et engloutie sous les eaux soulevées par un violent séisme.

Quelle précaution prendre?

Déposséder le Serpent de son diamant est une opération fort risquée car la gemme lui est d'autant plus chère que son absence sur son front le prive de la vue. Le moment où l'animal se sépare de la pierre pour boire à son aise est évidemment le plus propice au succès d'une telle entreprise. Mais mieux vaut renoncer à la magie du diamant et s'abstenir de commettre un tel vol car la fureur du monstre s'avère dévastatrice: bien qu'aveuglé et quelque peu désorienté, le Serpent vous pourchasserait sans relâche, explorant toutes les directions, et, se dressant de toute sa hauteur, cracherait en tous sens, entre ses sifflements assourdissants, des colonnes de feu et de fumée. Apprenez, en outre, que la ceinture d'eau qu'il vous faudrait traverser lors du voyage de retour ne constituerait en rien un obstacle pour lui et qu'il pourrait aisément retourner votre embarcation.

Pour conclure

Vous reprendrez bien un peu de sueurs froides...

Hélas pour vous, les êtres dont vous venez de découvrir la galerie de portraits ne sont pas, loin s'en faut, les seuls enfants du cauchemar qui aient fait du Berry nocturne le terrain de leurs jeux macabres, la chambre de leurs tortures raffinées. Vous n'avez sous les yeux qu'un florilège des principaux rejetons de Satan, ceux dont la silhouette d'épouvantails s'imprime le plus profondément dans les pages du fabulaire berrichon, « êtres protéiformes pondus jadis par l'imagination populaire et couvés à longueur de nuits troubles par les paysans crédules[1] ».

Il en est bien d'autres que les conteurs se contentent d'évoquer à demi-mot au détour d'une phrase, comme autant de détails à l'arrière-plan d'un tableau condamnés à

1. Claude Seignolle, *Le Hupeur.*

Pour conclure

n'être qu'entraperçus, et dont la conformation, les habitudes de vie, la nature exacte demeurent mal connues. Ces rares bribes disséminées aux quatre vents ont fort heureusement été recueillies, avec le respect et la délicatesse d'un druide prélevant un rameau de gui dans la ramure d'un chêne, par les folkloristes Jean-Louis Boncœur, Germain Laisnel de la Salle, Hugues Lapaire, Ludovic Martinet, George Sand et Hilaire de Vesvre dont les œuvres précieuses et louables constituent le terreau unique dans lequel le présent guide plonge ses racines. Comme beaucoup d'autres de ces rumeurs ancestrales qui, dans nos campagnes françaises, vont s'amenuisant, les dires berrichons ont en outre pu trouver, sur leur lit de mort, un confesseur aussi attentif que zélé en la personne de Claude Seignolle, dont la généreuse bibliographie, véritable lettre d'amour adressée aux traditions de jadis, regorge de plus de richesses que n'en pourrait compter la plus profonde des cornes d'abondance.

Le lecteur-promeneur que toutes ces rencontres dantesques n'auront point échaudé consultera avec profit les volumes que chacun de ces collecteurs a consacrés aux croyances et aux superstitions du Berry. Voici un aperçu du vaste catalogue de croquemitaines dont il sera tenu d'admettre l'existence et qu'il lui faudra apprendre à craindre :

La Biche blanche qui pousse les promeneurs dans l'étang de la Mer Rouge (commune de Rosnay, dans l'Indre) et les noie dans l'eau croupie en les accablant de coups de sabots.

Le Cheval Malet qui se laisse monter par les voyageurs harassés, trop heureux de se délasser pour refuser son offre,

Pour conclure

et les entraîne l'instant suivant dans une chevauchée vertigineuse pour finalement les expédier d'une ruade et d'un bon coup de sabot au fond d'un étang.

Le Courtilier, sorcier si redoutable qu'il n'existe aucun contre-sort pour le combattre et dont le souffle est capable de dessécher les végétaux et de ruiner les cultures.

Le Grand Saulier qui, en dépit de sa taille estimée à six mètres et de son corps blanc des pieds à la tête, se cache dans les joncs et les saules plantés au bord des étangs.

L'Homme Noir du Chêne à la Bouteille qui, au centre d'un carrefour situé entre Lys-Saint-Georges et Châteauroux, attire les ivrognes en laissant pendre une bouteille à la branche d'un chêne et engage avec eux une partie de dés à l'issue de laquelle il gagne immanquablement leur âme.

Les trois Hommes de pierre, énormes rochers aux lignes tourmentées, dressés sur les rives de la Creuse, qui, la nuit venue, se meuvent à une vitesse terrifiante en écrasant tout sur leur passage.

La Hure qui escalade les hautes murailles, protège les treilles contre les garnements voleurs de raisin et dont la laideur difforme est mortelle.

Le Lièvre de Bénavant qui, par ses incessantes bravades et l'aisance surnaturelle avec laquelle il évite les volées de plombs, se plaît à faire enrager les chasseurs.

Pour conclure

La Peillerouse de nuit, mendiante fort âgée et fluette mais dotée d'une force terrifiante qui, hantant le porche des églises, rosse sauvagement ceux qui passent leur chemin sans lui faire l'aumône.

Les Pieds blancs qui, féminins et squelettiques, courent en tous sens le long d'un fossé sans qu'il soit possible de voir à qui ils appartiennent.

Le Ramasseux de rosée qui, de bon matin, traîne à travers les herbages un linge absorbant toute la rosée déposée sur les végétaux pour en arroser ses propres champs.

Le Renard violoniste de la Roche-au-Renard qui, juché sur un imposant dolmen situé non loin de Saint-Denis-de-Jouhet (Indre), fait danser des meutes entières de loups au son assourdissant de son instrument.

Le Tornant (fantôme) de la Croix de l'Agneau, âme en peine d'un tout jeune berger qui, mort étouffé au cours d'un jeu périlleux auquel il se livrait avec ses camarades, réapparaît sous la forme d'un agnelet sur le socle d'un ancien calvaire, aux environs de Lacs.

Le Tornant de la Croix Tremble qui, près d'un calvaire dressé au milieu d'un carrefour entre Lacs et Cosnay (Indre), remet en ordre les petites croix de bois déposées là à l'occasion de chaque enterrement et sans cesse dérangées par de jeunes fripons, ou appelle par leur nom les habitants de Cosnay que la mort s'apprête à frapper.

Les Tornants de la Croix Moquée, scieurs auvergnats condamnés à poursuivre éternellement leur besogne depuis que leur comportement sacrilège et leur profanation d'un calvaire placé à l'entrée de Cosnay leur ont valu d'être foudroyés et précipités dans les profondeurs de la terre.

Les Tornants de la Font Compain qui, lorsque vient l'époque de la fenaison, troublent le silence de la nuit par leurs cris désespérés et leurs appels au secours depuis ce jour fatal où, près de Thevet-Saint-Julien (Indre), une famille entière de paysans disparut avec leur voiture chargée de foin dans les entrailles de la terre.

Les Tornants du Carroir des Pas Pressés qui, à quelque distance de Fougerolles (Indre), forment des farandoles gesticulantes et joyeuses autour des gibets où pendent les cadavres pourris de criminels dont ils ont été les victimes ; cadavres qui, en outre, parlent entre eux la nuit de Noël et décrivent en riant leurs forfaits respectifs.

Postface

Les clichés ont développé, par nous et bien malgré nous, quelque chose d'une sentence immémoriale qu'il y aurait désormais outrage à récuser. En particulier ceux qui se rapportent à ces deux domaines – que dis-je? ces deux univers – si proverbialement antinomiques que sont la ville et la campagne.

Au XVIIe siècle, dans sa fable intitulée Rat de ville, rat des champs, *La Fontaine aborde ce thème aussi savoureux que la viande d'ortolan partagée par les deux commensaux protagonistes. Alors que les deux spécimens de la gent trotte-menu échangent autour des restes de l'oiseau, l'invité, le rat des champs, déplore de ne pouvoir ronger à l'aise, sans être mis en alarme par les incessants échos de la ville. Et celui-ci de s'enfuir en vantant l'inébranlable quiétude de sa campagne.*

L'argument n'est pas neuf sous la plume du moraliste, maître des eaux et forêts de métier : il l'a déjà développé, quelques années plus tôt, dans Le Songe de Vaux *ou encore* La Relation d'un voyage en Limousin.

La nature comme havre de silence et gage de paix. Une idée belle et simple. Mais bien trop peu travaillée sans doute pour être

Postface

approuvée en l'état. Parmi vous qui venez d'achever la lecture de ce vade-mecum *de l'innommable ou, si l'on préfère, de ce guide de survie en milieu hostile, qui me contredira?*

La peur la plus prégnante ne naît pas de ce que l'on voit mais de ce que l'on pourrait voir. Là où la ville s'exhibe sans magie ni ambages, la campagne retient et distille avec mesure. C'est ce qui rend chacune de ses expressions si équivoque.

Il est vrai que siècle après siècle, monde après monde, l'Homme n'a cessé de se réformer, à l'instar de ses besoins: le besoin de voyage, de communication, d'échange, le besoin d'équilibre, de sécurité... le besoin de peur, aussi. Vivant avec son temps, à l'apogée de l'acier et du béton, du bruit et de la fureur, l'Homme a créé de toutes pièces le pendant organique aux légendes rustiques, telles qu'a pu par exemple les rassembler George Sand. Légendes urbaines est le terme, en reflet impeccable, que l'on a façonné alors.

FLORENT LIAU

Il est temps pour vous de faire le premier pas
et de vous avancer sur les chemins du Berry nocturne.

Faites attention où vous mettez les pieds.

Tiré sur papier bouffant Munken Print Cream 90 grammes
provenant de la gestion durable des forêts.
Le Munken Print Cream est une création des papeteries Arctic Paper,
dont les usines ont obtenu
les certifications environnementales ISO 14001 et E.M.A.S.

Imprimé sur les presses
de la Source d'Or, à Clermont-Ferrand, référencée Imprim'vert,
à l'aide d'encres végétales et à proximité de la centrale de diffusion
des livres afin de limiter au maximum le recours au transport routier.

ISBN : 978-2-35660-024-0
Dépôt légal : mars 2012
Site de l'auteur : www.nicolas-liau.fr
Illustration de couverture : *Les Chansons de la nuit*, 1896,
huile sur toile d'Alphonse Osbert, Musée d'Orsay, Paris,
Giraudon/The Bridgeman Art Library.
Mise en couverture : Franck Collin
© éditions Pimientos
editionspimientos.com